LA VÉRITÉ

SUR L'ÉTAT

DES

PROVINCES DE L'OUEST

DEPUIS LA RÉVOLUTION DE JUILLET.

LA VÉRITÉ

SUR L'ÉTAT

DES

PROVINCES DE L'OUEST,

DEPUIS LA RÉVOLUTION DE JUILLET.

L'ATTENTION publique, depuis quelque temps, se porte avec un empressement mêlé d'inquiétude vers ces provinces. À en croire certains journaux, leurs habitans seraient en état d'hostilité ouverte contre le gouvernement, et ce ne serait pas trop d'une armée de cent mille hommes pour étouffer cette prétendue insurrection. Chaque jour les gazettes de la révolution et du gouvernement dirigent contre les départemens de l'Ouest les plus violentes déclamations, les calomnies les plus odieuses. A les croire, un jour *les chouans ont massacré des gendarmes et des soldats; aux uns ils ont arraché les yeux et le nez; ils ont mutilé les cadavres des autres, les ont coupés par morceaux;* une autre fois *ils ont détroussé des voyageurs, pillé des fermes; ce sont des brigands qui ne vivent que de vols!* tandis qu'il est bien prouvé, même d'après les rapports des autorités du pays, que nulle part les *réfractaires* n'ont enlevé autre chose que des armes. Enfin, il n'est sorte de contes à la *Barbe bleue* que le gouvernement ne tolère dans ses journaux. Tout récemment une feuille publique, qui le lendemain fut copiée par vingt autres, racontait fort sérieusement, « qu'un régiment entier avait été attaqué aux portes de la ville de « La Flèche, par une troupe nombreuse d'insurgés; qu'après un san- « glant combat, ceux-ci s'étaient renfermés dans un château voisin, « qui avait été pris d'assaut, et tous ceux qui le défendaient passés « au fil de la baïonnette. » C'était un fait grave, s'il eût été vrai. Heu- reusement *le Moniteur* est venu deux jours après nous annoncer que tout était faux dans ce récit; que l'*arrivée d'un régiment à La Flèche, l'attaque des chouans, la prise d'un château, le massacre enfin,* tout cela était pure invention, et n'avait jamais existé que dans l'imagination du journaliste.

Il y a évidemment du machiavélisme dans ces récits mensongers. Il existe un parti qui, animé par de vieilles haines, pousse le gou-

1

vernement à prendre des mesures violentes contre la Vendée. Le ministère, de son côté, n'est peut-être pas fâché d'avoir un prétexte d'y réunir des troupes nombreuses, et de retenir les régimens des frontières du Nord et de l'Est, où il redoute l'ardeur martiale de nos soldats, qui pourraient bien, dans l'occasion, se joindre aux Belges nos amis, contre les Hollandais et les Prussiens. Mais comme nos ministres ont promis à l'Angleterre de ne pas accepter la Belgique, qui veut se donner à nous, et d'aider au besoin un prince anglais à s'en emparer, politique tant soit peu anti-nationale, il leur importe d'éloigner des troupes qui ne seraient peut-être pas témoins impassibles de ce lâche abandon d'un pays qui parle notre langue, professe notre religion, qui a déjà fait partie de la grande famille française, et de les occuper à l'intérieur. Voyons donc si l'état des provinces de l'Ouest autorise la conduite adoptée à leur égard par le gouvernement.

Un rapport présenté au roi Louis-Philippe par M. Casimir Perier, le 16 mai dernier, porte ces mots : « *Il n'y a pas état de* « *guerre dans l'Ouest, par conséquent nul prétexte à l'état de* « *siége...,* J'ai donc l'honneur de proposer d'envoyer dans les 4ᵉ, « 12ᵉ et 13ᵉ divisions militaires, un commissaire extraordinaire, « ayant les troupes à sa disposition, les commandans sous ses or- « dres, secondé par toutes les autorités, dirigeant sur tous les « points les colonnes mobiles, sans être arrêté par les limites des « différentes juridictions militaires, ni retardé par les conflits de « pouvoir. »

Ainsi, il *n'y a nul prétexte à l'état de siége dans l'Ouest,* c'est le ministre lui-même qui nous l'assure, et la conclusion de cette proposition, c'est d'envoyer en Bretagne un commissaire extraordinaire avec des pouvoirs illimités !...

Il n'y a nul prétexte à l'état de siége, et de nouvelles visites domiciliaires vont commencer, malgré l'inutilité de celles qui ont été faites depuis six mois, sans autre résultat que de mécontenter, d'aigrir une population paisible !...

Il n'y a nul prétexte à l'état de siége, et des colonnes mobiles vont se diriger sur tous les points, en dédaignant les formes conservatrices des lois ordinaires !...

Qu'est-ce donc que l'état de siége, si la situation du pays exige une mesure aussi rigoureuse ? Il faut l'avouer, et ne pas chercher, au moyen de quelques artifices de langage, de phrases plus ou moins entortillées, à faire croire qu'on ne sort pas de l'action régulière du pouvoir.

Si le pays est calme, pourquoi, à propos de quelques conscrits réfractaires, cachés ou errans dans les campagnes, mettre deux provinces hors de la loi et du droit commun !

Ceux qui suspendent ainsi l'exercice des lois dans une douzaine de départemens, ont-ils donc déjà perdu le souvenir des clameurs que leur fit pousser, au mois de juillet, la mise en état de siége de la capitale, alors qu'une insurrection armée, arborant des couleurs proscrites, motivait assez une pareille mesure ?

Rien de semblable n'a eu lieu dans l'Ouest, on convient même que les réfractaires ne portent aucun signe de ralliement politique; ce sont tout simplement des hommes qui cherchent à se soustraire à l'exercice des lois sur le recrutement, devenu plus rigoureux par suite de quatre levées successives en huit mois, puisque tel village qui ne fournissait qu'un conscrit est obligé d'en fournir quatre à la fois.

Après la révolution de juillet, les journaux organes du gouvernement nouveau, annoncèrent qu'il avait été salué avec empressement par les provinces de l'Ouest; ils louaient le bon esprit de leurs habitans, exaltaient hypocritement leur vieux courage, et répétaient chaque jour que les partisans de la dynastie déchue n'éveilleraient désormais aucune sympathie dans ces contrées, grâces *aux progrès des lumières* et au besoin de la paix qui se faisait vivement sentir. Ils nous représentaient chaque jour les conscrits de la Vendée et de la Bretagne partant avec enthousiasme aux cris de *vive la liberté !* et portant des drapeaux tricolores : ils répetaient avec affectation que *presque tous devançaient l'appel, qu'il n'y avait pas parmi eux un seul réfractaire, et que jamais ces jeunes gens n'avaient montré autant d'empressement à rejoindre les corps qui devaient les recevoir.* (Voir les journaux de ce temps.)

Cependant, sans qu'il y eût aucun motif apparent qui pût justifier cette mesure, sans qu'il fût survenu aucun changement dans l'etat du pays, dès les derniers jours de mars 1831, le gouvernement y dirigea des troupes nombreuses; on plaçait des garnisons dans les villes et dans les bourgs.

Tandis qu'on organisait, dans tout le reste de la France, la garde nationale avec une incroyable ardeur, dans l'Ouest, par une injurieuse defiance, on enlevait arbitrairement aux habitans les armes qui leur appartenaient, pour les confier à un petit nombre d'individus privilegiés, qui se recommandaient seulement par la violence de leurs opinions et leur haine pour ceux qu'on appelait *les vaincus.*

Et comme si on eût craint que ce desarmement ne blessât pas encore assez la fierté de ces courageux paysans, on y procédait par des fouilles, des visites domiciliaires, où tout ce que l'illegalité et la violence peuvent imaginer de plus monstrueux etait mis en pratique.

Toutes les administrations, toutes les fonctions publiques furent confiees aux hommes les plus antipathiques à la population du pays. Les départemens de l'Ouest furent mis en *état de prévention,* et placés sous la surveillance speciale d'une haute police soldée à grands frais, et pour laquelle M. Casimir Perier est venu plus tard demander à nos faciles deputés un modeste supplement d'un million cinq cent mille francs !....

On avait promis de faire respecter la religion; et dès les mois d'août et de septembre des prêtres furent insultes, des croix abattues. Des maires refusaient grossièrement et illégalement aux curés les mandats pour toucher leurs traitemens, à moins qu'ils ne changeassent la liturgie au gré des caprices de ces réformateurs d'un nouveau genre.

Cependant le pays était calme, les impôts se payaient exactement, l'impôt même du sang, le plus dur de tous; les proclamations des préfets à cette époque en font foi.

Le général Lamarque, commissaire extraordinaire du gouvernement dans l'Ouest, avait été autorisé à laisser dans leurs foyers les jeunes gens de la classe de 1824 qu'on rappelait alors, et par-là avait évité de faire des mécontens. Un grand nombre de ces jeunes gens, qui se croyaient définitivement libérés, s'étaient mariés depuis long-temps, et se seraient difficilement éloignés de leurs familles.

L'arboration forcée des drapeaux tricolores eût pu être une occasion de troubles; pour d'autres parties de la France, ce drapeau peut rappeler des souvenirs glorieux; mais pour la Vendée, il n'est entouré que de crêpes funèbres. Chez elle, il n'a flotté que sur des monceaux de cadavres et de ruines; il guidait les colonnes infernales de la Convention, lorsqu'elles portaient l'incendie dans les châteaux du riche et dans la chaumière du pauvre; il présidait aux massacres de Quiberon, aux noyades de Nantes. Dans ces contrées il n'y a pas une famille qui n'ait été décimée sur les champs de bataille, ou par la hache révolutionnaire. Faut-il donc s'étonner de l'aversion du Vendéen pour un signe qui lui rappelle tant de malheurs?

Aucune loi n'ordonnait de le planter jusque sur les plus humbles clochers. Tout etait abandonné à la prudence de l'administration locale, et une politique sage lui prescrivait de ne pas heurter violemment l'opinion du pays. On sembla d'abord vouloir suivre cette marche, et le gouvernement ainsi que les habitans s'en fussent bien trouvés. Il était de l'intérêt du pouvoir d'habituer lentement ces hommes généreux à un état de choses qui pouvait bien blesser leurs vieilles affections, mais auquel ils s'étaient soumis sans résistance, réclamant seulement pour leur religion et pour leurs personnes, l'exercice de cette liberté que la revolution promettait à tous les Français.

Les conseils de la sagesse n'ont pas été suivis; ceux qui devaient calmer les peuples ont tout fait pour les troubler; il semble qu'un esprit de vertige, si ce n'est une combinaison infernale, ait dirigé la conduite du gouvernement, et qu'on ait pris à tâche de mécontenter des hommes généreux.

Des ordres plus rigoureux furent donnés pour presser le départ de tous les conscrits sans exception, et quatre levees successives ne pouvaient manquer de produire quelques réfractaires. Les drapeaux tricolores furent plantés dans les moindres villages. Là où il ne se trouvait pas un habitant qui voulût l'arborer, on envoyait des gendarmes, des gardes nationaux et des soldats; il semblait qu'on prît

à tâche de procéder à cette opération de la manière la plus propre
à irriter les esprits. Ordinairement c'était le dimanche, pendant
les offices, qui ne pouvaient manquer d'être troublés par le bruit qui
en résultait; èt dans plusieurs paroisses, l'impiété commit à cette occasion les plus grands désordres, et même quelquefois d'horribles
profanations.

On a souffert avec résignation ces affronts de plus d'un genre,
supporté le poids de l'occupation militaire, si dure pour un pays
pauvre, occupation que rien ne justifie. Le pays a été couvert de
soldats pour arrêter quelques refractaires, et on cherche à exciter la
haine des militaires contre leurs compatriotes, en leur répétant sans
cesse les plus absurdes calomnies. Les soldats ont été ravalés au rôle
d'agens de police; on les emploie journellement à fouiller les maisons, à tourmenter en toutes manières de pauvres cultivateurs. L'uniforme français n'avait pas encore été employé à un pareil métier.

Chaque village de la Vendée et de la Bretagne est occupé par un
cantonnement dont les soldats vivent aux dépens des habitans; et
quand il prend fantaisie aux commandans des garnisons des villes,
voire même à MM. les gardes nationaux de faire ce qu'ils appellent
la chasse aux conscrits, hommes et chevaux se font héberger aux
dépens des pauvres villageois. D'indemnité, il n'en est pas question le plus souvent; ou si parfois un commandant de détachement
signe un *bon* à acquitter par l'administration, il y manque toujours
quelque formalité qui ne permet pas au porteur d'en poursuivre le
remboursement. Nous en citerons un exemple entre plusieurs.

A Ménéac, arrondissement de Ploërmel, le fermier du domaine
de Lasalle avait été forcé deux fois d'héberger des détachemens
d'infanterie et de gendarmerie, hommes et chevaux; il n'avait reçu
pour indemnité qu'un *bon* du lieutenant de gendarmerie, que ni le
percepteur de la commune, ni le receveur particulier de Ploërmel
n'ont voulu acquitter. Sur la fin d'avril, un troisième détachement
le somme de fournir du cidre et des vivres. Sur son refus, la troupe
fait main basse sur des canards de la basse-cour, débonde les fûts,
boit avec des tuyaux, et bouleverse toute la maison, sous prétexte de
chercher des chouans. Un jeune enfant qui était couché a été telle-
ment effrayé du tumulte et des menaces dont son père était l'objet,
qu'il a eu une attaque présentant tous les symptômes de l'épilepsie,
et depuis ce temps sa santé est dans un état déplorable.

– A Gesté, Boismé, La Chapelle-Aubry, Jallais, etc., et une foule
d'autres villages aussi peu considérables, il n'y a pas moins de 80 et
100 soldats logés chez les habitans et y vivant à discrétion. Quelques
mauvais sujets les excitent à vexer et tourmenter ces pauvres gens
en toute manière, et les militaires tiennent des propos affreux.
Dernièrement le capitaine qui commande à Boismé, dit que si on
tirait seulement un coup de fusil dans la paroisse, il brûlerait le
village. Au hameau des *Gats de Boismé*, des soldats arrivent un
dimanche pendant la messe sans avoir prévenu personne. Toutes les

portes étaient fermées ; ils les enlèvent de dessus les gonds, entrent dans les maisons, ouvrent les coffres, les armoires, prennent les coiffes des femmes, qu'ils mettent au bout de leurs baïonnettes, et saccagent tout.

Dans l'arrondissement de Beaupréau, les habitans jusqu'à présent ont été obligés de nourrir à leurs frais, non seulement les soldats cantonnés, mais encore les détachemens envoyés à la poursuite des réfractaires. On voit souvent 40, 50 soldats arriver à l'improviste dans un village, y séjourner et y vivre à discrétion aux dépens des malheureux villageois, qui presque tous tisserands, et occupés autrefois pour le compte des manufactures de Chollet, se trouvent aujourd'hui sans ouvrage. Il faut que ces pauvres gens donnent, sans mot dire, le pain destiné à leur subsistance et à celle de leur famille. Ce n'est pas tout encore, il faut acheter du vin aux soldats, qui exigent une bouteille par homme ; il faut leur abandonner le seul lit qu'il y ait souvent dans la maison, et que père, mère et enfans couchent sur le carreau.

On annonce que M. le sous-préfet de Beaupréau va faire cesser cet indigne abus de pouvoir. Il serait bien temps : mais qui réparera le dommage ? Comment couvrir l'illégalité de ces mesures irritantes et tortionnaires ? La conduite de son collègue des Deux-Sèvres n'est pas de nature à nous faire espérer cette réparation.

« Nous avons peine à en croire nos yeux, à nous croire Français, « dit à ce sujet la *Gazette de France*, lorsque nous lisons l'arrêté « du préfet des Deux-Sèvres qui oblige les habitans des communes « à fournir aux détachemens de troupes, des locaux et des effets de « coucher, *par voie de réquisition*, sauf, s'il y a lieu, telle in- « demnité que de droit. »

La même arrête met aussi en réquisition des vivres et des fourrages, en échange desquels il sera délivré des bons, qui seront acquittés plus tard, s'il y a lieu !.....

La Charte de 1830 est-elle donc une vérité, lorsque des préfets peuvent disposer ainsi des propriétés privées ?

L'indemnité préalable est due d'après la loi, et une formule insolente de *s'il y a lieu*, ne peut laisser dans le vague le droit des citoyens, droit acquis et dont la violence et la tyrannie pourraient seules les dépouiller.

Depuis les deux invasions rien de pareil ne s'était vu. L'armée française en Espagne, en Morée, à Alger n'a jamais frappé de réquisitions, en ajoutant qu'on paierait *s'il y avait lieu*.

Ce que les armées de la restauration victorieuses n'ont pas fait en pays conquis et étranger, les préfets de juillet et les soldats de Louis-Philippe osent le faire à l'égard de leurs concitoyens.

Requérir sans indemnité *convenue* et *fixée d'avance* est déjà un excès de pouvoir : mais quel nom donner à un acte qui contient implicitement la faculté de se soustraire à toute obligation ?

Les citoyens connaissent leurs droits, qu'ils les mettent sous la sauve-garde des tribunaux. Un pays qui acquitte seize cents millions d'impôts, sans examiner comment et par qui ils ont été votés, ni *s'il y a lieu* de les refuser, ne devrait pas être traité en pays conquis.

Le mot odieux de *réquisition* avait été rayé pendant quinze ans du vocabulaire administratif. Une révolution faite au nom de la liberté n'aurait pas dû le faire revivre.

Les soldats du *despotisme* sont restés cinquante heures sans manger, plutôt que de recourir à ce moyen, qui, quelle que soit sa forme, est un attentat au droit de propriété : était-ce aux hommes de juillet et d'août à le rétablir, lorsque la nation fait tant de sacrifices? Il y a dérision à parler encore d'ordre et de liberté, quand une partie de la France est ainsi traitée et semble placée sous le régime du bon plaisir des employés civils ou militaires. A la fin de mai, un des plus honorables habitans de l'Anjou, M. le baron de La Haye, ancien colonel de gendarmerie, arrive à son château de La Haye, commune de Saint-Maurice-la-Fougereuse, arrondissement de Bressuire. Quel est son étonnement de le trouver occupé par un détachement de 40 soldats, qui s'y étaient établis militairement! Non contens de cette étrange invasion, et sans doute par ordre supérieur, ils s'y sont retranchés, ont bouché des ouvertures, fait et défait des murs, et employé une grande quantité de planches que M. de La Haye avait en reserve.

Une violation si flagrante de la propriété appelle toute l'attention du gouvernement. Si elle restait impunie, le ministère ne pourrait se derober au reproche d'une odieuse complicité ou d'une honteuse impuissance.

Dans toute la Vendée, la Bretagne et le Bas-Maine, les champs sont clos de haies vives et de barrières. Cette précaution est indispensable pour mettre les récoltes à l'abri des ravages des bestiaux, qu'on élève en grand nombre dans ce pays. Sous pretexte de chercher des *chouans* ou des conscrits, on fait des battues dans les blés, on dévaste les récoltes, on détruit les clôtures et les barrières, et jusqu'à présent les pauvres paysans n'ont opposé qu'une patience admirable aux menaces et aux violences, dont ils sont chaque jour les temoins et les victimes.

La liberté des personnes n'est pas plus respectée que les droits sacrés de la propriété. Les habitans ne peuvent s'eloigner de leurs demeures, sans s'exposer à toutes sortes d'avanies. On les arrête comme suspects, et les détachemens qui couvrent le pays semblent vouloir en interdire la libre circulation à tout ce qui n'est pas gendarme, garde national ou soldat; on demande des passeports à de pauvres villageois qui n'ont pas perdu de vue le clocher de leurs paroisses, et il suffit du caprice d'un homme vêtu d'un uniforme pour le priver de sa liberté. Nous citerions des exemples multipliés de semblables excès.

Dans les premiers jours d'avril, un jeune homme de 17 ans, qui se rendait d'un village à l'autre par un chemin de traverse, près de Saint-Julien (Deux-Sèvres), fut assailli par cinq coups de fusil, qu'un officier fit tirer sur lui, et qui heureusement ne l'atteignirent pas. Ce jeune homme ayant été rejoint par le détachement qui avait fait feu sur lui, et ayant demandé la cause d'une conduite si barbare, l'officier se contenta de lui répondre qu'on l'avait pris pour un réfractaire.

Tous les ponts, tous les gués, sont gardés, et on ne peut passer devant un corps-de-garde sans être fouillé. Dernièrement, au pont de Vrines (Deux-Sèvres), une femme a été maltraitée, décoiffée par un factionnaire, qui voulait savoir si elle n'avait pas des lettres ou des munitions dans son bonnet ou dans ses cheveux; n'y trouvant rien, il continua sa recherche de la manière la plus indécente.

Peu de jours après, Mme et Mlle Dogron, dont les vertus sont en vénération dans tout le pays, passaient en voiture au Pont-de-Jeu, même département, revenant de leur domaine de Verrières. Les gardes nationaux croisent la baïonnette, ordonnent au cocher de descendre de dessus son siége, et déclarent qu'ils vont fouiller la voiture et les dames. Celles-ci se rappelant ce qui venait d'arriver au Pont-de-Vrines, et ne voulant pas subir la même insulte, ont été obligées de rebrousser chemin, et de retourner à Verrières.

Le lundi 16 mai, un habitant du Bocage est appelé à quelque distance de son domicile, pour rendre les derniers devoirs à un de ses parens décédé. Obligé de passer le Thoué, au pont de Praillon, à une petite lieue de Thouars, il est forcé d'y subir un long interrogatoire de la part des gardes nationaux postés à ce passage; il satisfait à toutes les questions, décline ses nom, prénoms, lieu de naissance, but de son voyage, etc. Quoique son nom fût bien connu dans le voisinage, que rien ne dût le rendre suspect ni le priver du droit qu'a chacun d'aller et circuler librement, on lui déclare qu'il faut attendre!.... Il insiste sur l'urgence du devoir qu'il va remplir.... il faut attendre! tel est le bon plaisir des gardes nationaux. Impatienté de ce retard, le voyageur presse son cheval, et part au galop. Il faillit lui en coûter cher, car au même instant un coup de fusil fut tiré sur lui par un des hommes du poste; et en entendant siffler la balle à ses oreilles, le voyageur dut s'applaudir de ce que le tireur n'était pas aussi adroit que violent.

Une telle conduite, reprouvée par l'humanité, l'était aussi par la consigne; cependant aucune poursuite n'a été dirigée contre le garde national.

Un meunier qui se rendait à Bressuire à la fin de mai, est arrêté; il n'avait pas de papiers: on les lui demande. Il répond qu'il est des environs, nomme les personnes de Bressuire chez lesquelles il se rend, et ajoute, en plaisantant que ses papiers sont sous la semelle de ses souliers. On lui arrache ses souliers, on les décout, on le maltraite; on pousse la barbarie jusqu'à lui appliquer un coup de sabre sur la figure, après quoi on l'enferme au corps de garde, où on l'a retenu long-temps, sans lui permettre de faire panser sa blessure.

Un paysan du même canton, qui allait chercher des remèdes chez un apothicaire, a été arrêté comme émissaire des chouans. Il montre l'ordonnance : on soutient que les remèdes sont pour les chouans, et on le met en prison. Sa femme n'a pu obtenir sa liberté, et il a fallu que le médecin intervînt pour le faire relâcher. Ces persécutions atteignent tout le monde ; mais les ecclésiastiques y sont principalement en butte. A Paris, on leur défend de sortir en soutane ; dans la Vendée, au contraire, on leur ordonne de ne pas quitter l'habit ecclésiastique. Chose plaisante ! si jamais l'arbitraire et la violation de la liberté individuelle pouvaient l'être : le général Dumoustier enjoint à tous les ecclésiastiques de la division militaire, qu'il commande, de ne pas porter d'autre vêtement que la soutane, sous peine d'être arrêtés par la gendarmerie et traités comme vagabonds !.... Que dirait-on d'un évêque qui voudrait régler l'uniforme des soldats ? Aujourd'hui que la religion est tout à fait hors du gouvernement, nous voudrions bien savoir de quel droit des généraux viennent imposer aux prêtres de notre communion tel ou tel costume.

Le vendredi 20 mai, vers sept heures du soir, le vicaire d'une paroisse de l'arrondissement de Chateaubriant (Loire - Inférieure) revenait de porter les sacremens à un malade, lorsqu'il fit l'heureuse rencontre de trois gendarmes. Il était en *habit sacerdotal*, et s'il n'était pas muni d'un passeport, c'est qu'il n'était pas sorti des limites de sa commune Messieurs les agens de la police libérale ne sont pas satisfaits de cette explication, le forcent de tourner bride, car, heureusement pour lui, il était à cheval, sans quoi on l'eût peut-être attaché à ceux des gendarmes, et on l'emmène au quartier de gendarmerie. Il eût probablement passé la nuit sous les verroux, si plusieurs de ses paroissens, qui se trouvèrent sur la route que suivaient le prisonnier et son escorte, n'eussent insisté avec force pour que leur vicaire leur fût rendu.

Le 15 avril, un habitant d'Auray (Morbihan), appelé *Robie*, traversait une lande voisine de l'habitation de M. Léridant, ex-député. Cet homme était accompagné de deux journaliers appelés, l'un *Jouan Phily*, l'autre *Joseph Levaillant*. Quelques soldats d'un régiment ont fait feu sur ces trois hommes sans armes et sans intentions hostiles.

Deux soldats ont outragé, de la manière la plus brutale, une jeune fille de seize ans, qui gardait un troupeau de moutons dans les sables de la Falaise, dite *de Quiberon*. On craint pour les jours de cette infortunée, que ces monstres n'ont abandonnée que grâce à l'arrivée sur le lieu du sieur Jessic, capitaine de navire. Les soldats ont pris la fuite, et se sont réfugiés dans un fort voisin, où ils ont trouvé protection.

Ces faits sont attestés par des personnes dignes de foi. On ne

dit pas qu'ils aient été l'objet d'aucune enquête de la part des autorités, qui refusent même de donner suite aux plaintes dont on les
saisit directement. On est autorisé du moins à le penser, d'après ce
qui vient de se passer à Beaupréau (Maine et Loire). Le nommé
Simon, jardinier, contre lequel il ne s'elevait d'autre reproche
que d'être *soupçonné de carlisme*, a été maltraité par des gendarmes, et couché en joue par leur officier, lorqu'il etait tranquille-
ment occupé à ses travaux, dans les derniers jours de mai. Simon
a porte plainte devant le procureur du roi, qui, jusqu'à présent,
ne paraît pas devoir donner suite à cette affaire. Cependant les
faits sont notoires, plusieurs témoins les attesteront au besoin. On
assure même que, sur les justes reproches de Simon, l'auteur prin-
cipal de cet attentat aurait dit à un de ses gendarmes : « Si ce
« b..... là dit un mot, passe-lui ton sabre au travers du corps. »

Les cultivateurs revenant de la foire de Lindaul (Morbihan),
passaient par le bourg de Grand-Champ, où se trouvent en garnison cent hommes du 12ᵉ léger. On les arrête, on les jette en prison,
sous prétexte qu'ils ne doivent pas voyager la nuit. Leurs bestiaux
seraient restés abandonnes, si quelques habitans ne les avaient re-
cueillis, au risque de se compromettre.

Le dimanche 1ᵉʳ mai, une trentaine de militaires de la garnison
d'Auray, accompagnés de gendarmes mobiles, parcoururent la ville
en tous sens, ayant des clairons en tête. Ils firent une station devant le presbytère, y chantèrent *la Marseillaise*, et crièrent à
tue-tête : *à bas les calotins ! à bas les prêtres ! à bas les jé-
suites ! à bas les chouans ! à bas les royalistes ! nous aurons
leur tête !* On conçoit facilement quelle impression ces clameurs ont
produite sur la population d'Auray, si éminemment religieuse, et
combien elle a été révoltée de cette manière de celebrer la fête du
roi des Français.

Ces mêmes hommes ont enfoncé le soir une porte et une fenêtre
chez un pauvre artisan qui n'avait pas illuminé, et annoncèrent
qu'ils en feraient autant partout où ils ne verraient pas un bout de
chandelle.

Le même dimanche, treize chefs d'ateliers ou ouvriers d'Auray
exécutèrent une partie de plaisir sur mer. Pour se mettre à l'aise
et pouvoir ramer, ils ôtèrent leurs habits, et attachèrent leurs cra-
vates autour de leurs chapeaux. Il est d'usage dans cette ville d'at-
tacher à la porte de chaque maison, le 1ᵉʳ mai, une branche d'au-
bépine. Les promeneurs en avaient décoré leur canne ; et voilà une
conspiration ! un complot de carlistes !... Ces braves gens, qui ne
se doutaient pas qu'une conduite si naturelle dût exciter des soup-
çons si extravagans, arrivèrent paisiblement de leur promenade à
huit heures du soir. Ils trouvent sur le quai une vingtaine de gendarmes et une compagnie d'infanterie : le tout commandé par un
officier de gendarmerie, justement odieux dans le pays par les vexations de toute espèce qu'il y a exercées. Il se précipite comme un fu-

rieux sur les voyageurs, les traitant de *brigands*, de *chouans*, etc. , et parfaitement secondé par ses gendarmes, en frappe et terrasse plusieurs. Deux habitans sont liés par une corde , et un gendarme demande s'il faut les f..... à l'eau. Tous sont maltraités , on les ac-cuse d'avoir à bord un drapeau blanc.

On fouille le canot, qui renfermait dans la *tille* une voile dont se saisit un sous-officier , en s'écriant à tue-tête : *Le voilà ce malheureux drapeau, qu'il soit brûlé à l'instant, il n'y a que des brigands qui puissent l'arborer !* L'un des habitans dit : *Mais déployez donc ce drapeau.* Ce qui fut fait à l'instant à la confusion des assaillans, qui se convainquirent que c'était une voile appelée *flèche-en-ciel.* Furieux de leur méprise, ils s'en vengèrent en accablant de coups de poing et de crosses de fusil les promeneurs. Enfin l'officier s'écria avec l'accent de la rage : *Vous êtes de la canaille, des brigands ! je ne sais à quoi il tient que je ne mette le feu à vos maisons : j'en ai le droit et le pouvoir, et il n'en serait rien.*

Ces détails sont de la plus minutieuse exactitude, et extraits mot pour mot de la plainte qui a été adressée au juge d'instruction du tribunal de Lorient.

Il serait impossible de rapporter tous les actes de violence et de tyrannie dont cette malheureuse ville d'Auray a été victime depuis huit mois, sans qu'aucune aggression, aucune résistance même de la part de ses habitans puisse justifier une pareille conduite des agens du gouvernement, qui semblent prendre à tâche de le rendre odieux. Ils y réussiront sans doute; et un journal libéral se plaignait de ce que le maire d'Auray ayant annoncé qu'il ferait une distribution de vivres aux indigens, le jour de la Saint-Philippe, les boulangers ont refusé de cuire le pain qui leur était commandé, les bouchers de fournir la viande , que les pauvres eux-mêmes ont rejeté l'aumône de la mairie ! Certes une pareille unanimité est bien la condamnation la plus frappante des autorités qui l'ont fait naître.

La garde nationale de Pouzange (Vendée) faisant une excursion dans le canton de Cerisais, arrive à la ferme de la Durbelière, et prétend que des réfractaires ont couché dans une grange isolée et ouverte. Sur les réponses négatives du fermier, on se jette sur lui , on le maltraite cruellement, pour le punir, osait-on dire, d'avoir autrefois versé son sang dans la guerre de la Vendée.

Ces mêmes gardes nationaux rencontrent deux femmes qui portaient à manger à leurs maris, occupés à travailler dans les champs. Ils les arrêtent, prétendant qu'elles portent des vivres à des réfractaires, les emmènent; et ce n'est qu'avec peine que ces femmes ont obtenu plus tard d'être mises en liberté.

Les détachemens de troupes qui parcourent la campagne, se font toujours précéder par des guides pris parmi les paysans. Souvent ces excursions ont lieu la nuit; et malheur aux pauvres villageois qu'il plaît aux commandans de choisir pour guides : ils sont arrachés violemment de leurs lits, très-souvent maltraités et gratifiés de coups de plat de sabre ou de crosse de fusil, s'ils se refusent à ce service illégal. Dernièrement, à Jallais (Maine-et-Loire), l'un d'eux a été mené la corde au cou.

Le 18 mai, à l'entrée de la nuit, à Saint-Denis (Vendée), le commandant d'un détachement de troupe de ligne, se proposant de fouiller la forêt de Grala, voulut, quoique assisté du maire, avoir un habitant pour guide. On ne sait par quel inexplicable motif il jeta son dévolu sur un malheureux vieillard, auquel le pénible travail d'une longue journée rendait le repos de la nuit si nécessaire ; mais le vieux Vendéen, ignorant la loi qui garantit la liberté individuelle, crut n'avoir rien de mieux à faire que d'obéir, au risque de compromettre sa santé par cette course nocturne. Voilà donc le détachement en route pour la forêt de Grala. Chemin faisant, on rencontre, entre sa maison et son moulin, un meunier du pays, qui, bien que sans armes et porteur d'une figure qui annonçait que depuis long-temps il avait satisfait aux lois de recrutement, est arrêté comme *brigand*. Il invoque l'autorité du chef de la colonne, contre cet excès de deux soldats : mais on le menace de le fusiller ; on l'emmène loin de sa famille, qui poussait des cris aigus, croyant son existence vraiment compromise. Cependant, l'officier ayant réfléchi plus tard à ce qu'avait de répréhensible une conduite si odieuse, déclara au meunier que *sa mission était une mission de paix;* qu'il lui rendait la liberté, et qu'il pouvait retourner chez lui. Il faut convenir qu'on avait débuté d'une étrange manière dans cette *mission de paix*.

Le jeudi, 26 mai, on a vu entrer à Vannes une petite armée, composée de grenadiers, de lanciers et de gendarmes, qui traînaient au milieu d'eux neuf paysans garrottés, et dont plusieurs portaient des marques non équivoques des mauvais traitemens qu'ils avaient reçus. Ce n'étaient pas des réfractaires ; il était facile de voir que tous avaient passé, depuis long-temps, l'âge de la conscription. On répandait le bruit que c'étaient des chouans pris les armes à la main, et on s'étonnait de ne pas apercevoir ces armes, que les hommes de l'escorte n'eussent pas manqué de porter en triomphe. Il eût été bien difficile de les montrer.

En effet, ces malheureux ayant été jetés en prison, le plus maltraité d'entre eux se réclama du secrétaire-général de la préfecture, dont il était fermier. Ce fonctionnaire s'étant rendu à la prison, apprit du pauvre blessé que, lorsque celui-ci se trouvait occupé dans un champ avec huit ouvriers, des soldats étant survenus inopinément, et manifestant des intentions peu amicales, plusieurs de ces journaliers avaient voulu se soustraire, par la fuite, aux mauvais traitemens dont ils se croyaient menacés ; mais que des soldats s'étaient jetés sur eux, les avaient crossés et garrottés, malgré leurs justes réclamations, et amenés en prison, disant qu'ils étaient des chouans.

La sincérité de ce récit ayant été facilement reconnue, ils furent mis en liberté, après avoir passé une nuit en prison, et perdu deux journées de travail. Quant au pauvre fermier, il a fallu le porter à l'hôpital pour le guérir de ses blessures.

Croit-on une pareille conduite bien propre à faire chérir aux malheureux habitans de ces contrées le nouveau gouvernement? On ne peut se figurer jusqu'à quel point est portée l'inquisition qu'on exerce à leur égard ; les soldats entrent dans les maisons pour s'assurer de la quantité du pain que l'on fait dans les metairies où on emploie des journaliers ; ils prétendent que la consommation est trop forte, qu'on fournit du pain aux refractaires, et ils reviennent chaque jour pour s'assurer si on n'a consommé que la quantité convenable ; ils font faction dans les clochers ; et dès qu'ils aperçoivent deux hommes reunis dans la campagne, ils courent dessus et souvent leur tirent des coups de fusil sans savoir à qui ils ont affaire.

Le dimanche 15 mai, vingt-quatre hommes du 32e régiment de ligne, quelques gendarmes à pied, et une brigade à cheval, arrivent à l'improviste au bourg de Roche-Servière (Vendée), au moment de la première messe ; ils courent aussitôt dans les rues sur tous les jeunes gens, les arrêtent même dans les maisons, pour s'assurer de deux refractaires qui leur avaient été signalés par un mouchard de village ; une vingtaine de *suspects* furent ainsi *empoignés*, quelques-uns non sans avoir resisté à de pareils actes de brutalité. L'un d'eux fut saisi dans la tribune de l'eglise. Conduits devant le maire, celui-ci, etranger à la commune, ne put les reconnaître, il fallut s'en rapporter au temoignage des notables pour s'assurer que parmi ces vingt *criminels d'Etat*, aucun n'était refractaire.

Tout l'odieux de cette chasse d'une espèce nouvelle doit retomber sur la police de M. Casimir Perier, qui, sur les vagues renseignemens fournis par ses limiers, envoie la force armée jeter l'effroi dans une commune. Qu'en est-il résulté? c'est que les jeunes filles, les pères, les mères, à l'apparition de la troupe, se sont empressés de courir les fermes et les hameaux de la paroisse, pour avertir les jeunes gens qu'on les prenait en masse pour les faire partir.

Si cette équipée n'est pas une provocation à la revolte, de quel nom la qualifier, lorsqu'elle a eu lieu precisement la veille de deux foires considerables dans le voisinage, où se vendent les taureaux dont les métayers sont dans la nécessité de se defaire? La faction ennemie de l'ordre dira-t-elle encore que ce sont les *carlistes* qui empêchent les paysans de se rendre aux foires?

Le 24 avril, un détachement de gendarmerie mobile, commandé par les lieutenans Etienne et Auger, arrive à la ferme de Boësse, commune de Claizais (Vendée); entrés dans la cour, ils aperçoivent à la porte d'une etable une jeune fille de quatorze ans, qui à leur vue se dirige vers la maison et se tient sur le seuil de la porte. Le lieutenant Etienne ordonne aux gendarmes de faire une perquisition dans l'etable, et s'avance vers la jeune fille, en lui demandant si elle n'a pas vu de réfractaires? elle répond que non. Au même instant les gendarmes aperçoivent de l'autre côté de l'étable un homme qui s'eloignait dans la direction opposée. Aussitôt, sans savoir qui il était, ils lui tirent plusieurs coups de fusil, qui fort heureusement ne l'atteignirent pas. La jeune fille est emmenée, forcée de comparaître au bout d'un mois devant le tribunal de Bressuire, dont le procureur du roi reclamait *humainement* contre elle la peine des travaux-forces !... puis cependant, eu égard à sa jeunesse, il se contentait, disait-il, de requerir la reclusion, parce qu'elle avait recelé des *bandes armées en guerre contre le gouvernement !*... mais le tribunal a fait justice ; et considerant qu'il n'était pas prouvé que des refractaires eussent séjourné dans la ferme, que dans tous les cas, il n'était pas prouvé que la fille N... en eût eu connaissance, il l'a relaxée de la plainte.

Le 22 mai, trois jeunes gens des Aubiers sortent du bourg pour aller se promener dans la campagne ; il était déjà nuit quand ils revinrent chez eux ; le factionnaire posté dans le village des Aubiers, cria *qui vive!* les malheureux jeunes gens n'ayant pas entendu, ne répondirent pas ; le factionnaire fit feu aussitôt, et tua un des trois, nommé Revaud, fils d'un boulanger de l'endroit.

Le 19 avril, un habitant de la commune d'Augar (Morbihan) a été sabré par un officier de garde nationale, parce qu'il refusait de servir de guide.

Ces actes de barbarie, cet abus révoltant de la force se renouvellent chaque jour, et on pourrait en citer mille autres exemples. Il semble qu'on ne cherche qu'à exaspérer les malheureux habitans de ces provinces : les 1,500,000 fr. d'impôts extraordinaires accordés si facilement par nos deputes à M. Perier, pour les frais de sa police secrète dans l'Ouest, portent leurs fruits. Les campagnes sont couvertes d'agens provocateurs, l'espionnage soldé et organisé se deguise sous toutes les formes pour epier des esperances ou des regrets, et les travestir en complots. M. Menard, proprietaire à St.-Dedis-d'Anjou (Mayenne), jouissant de l'estime generale, vient d'être victime d'une odieuse delation. Nous avons à regretter qu'un soldat abusant de l'hospitalité donnée au foyer domestique, n'ait pas craint de s'abaisser à un rôle odieux qui ne convient pas à l'habit militaire. Faisant parade de sentimens qu'il n'avait pas, il a gagné la confiance de son hôte, lui a surpris dit-on quelques paroles de regrets, d'esperance d'un meilleur avenir, et a eu la bassesse d'aller le denoncer comme *embaucheur!* Sur le témoignage unique de cet homme, M. Menard a été arrêté, conduit dans les prisons de Château-Gonthier, lié et garrotté comme un malfaiteur ; aucune charge reelle n'existe contre lui, mais on le retiendra long-temps prisonnier ; et après plusieurs mois de souffrances, on declarera qu'il n'y a pas lieu à suivre. Est-ce ainsi que doit proceder la justice, et devrait-elle accueillir si légèrement les denonciations? Quand une prime est accordée aux delateurs, ils inventent des crimes pour obtenir la solde de leur infamie.

A Chiché, arrondissement de Bressuire, on a payé des soldats
pour faire les agens provocateurs. Dans les premiers jours de mars,
deux d'entre eux ont crié plusieurs fois *vive Henri V !* sans être
inquiétés. Ils juraient contre le gouvernement, et disaient qu'ils
voulaient aller rejoindre Diot (1) et les refractaires. Un malheureux
paysan trop confiant s'est laissé prendre à leurs protestations, et
leur a promis de les conduire à Diot. Ils ont pris rendez-vous chez
un nommé *Guignard*. Les deux soldats et le guide s'y sont trouvés,
mais Diot n'y est pas allé. Alors les soldats ont dénoncé tous les
habitans qui leur avaient fait bon accueil, et le conducteur, nommé
Delue, a été arrêté. On a été pour arrêter Guignard, qui s'est sauvé,
et on a tiré sur lui huit coups de fusil sans l'atteindre. On a maltraité grièvement sa femme, et son beau-frère qui venait au secours
de sa malheureuse famille.

On sait avec quelle rigueur inouïe les visites domiciliaires ont été
executées dans le Morbihan, dès le mois de janvier; toutes les formes
legales ont ete violees, des habitations devastées sous prétexte de
chercher des armes et de la poudre qu'on n'a trouvées nulle part.
Mais cela ne suffisait pas, les habitans comprimaient leur indignation, et on eût voulu une explosion. Nous livrons le fait suivant
aux reflexions de nos lecteurs. Le samedi 9 avril, à la pointe du
jour, un bâtiment portant *pavillon danois* à sa misaine, parut dans
la baie de Quiberon. Il louvoya pendant une partie du jour, lon-
geant les terres, et faisant les manœuvres usitées pour appeler un
pilote à bord, ce que le pavillon au mât de misaine indiquait déjà.

Des marins de l'île de Hœdic obtinrent du maire de mettre une
chaloupe à la mer, pour aller offrir au capitaine du bâtiment de le
piloter. Quelle fut la surprise de ces braves gens en arrivant à bord,
de reconnaître un brick français sorti de Lorient, et dont le capitaine, bien entendu, refusa leurs services, connaissant aussi bien
qu'eux l'entree de toutes les rivières du Morbihan.

Il n'est personne dans la contrée qui, en apprenant cet évènement,

---

(1) Diot, dont on a beaucoup parlé, était, en 1815, un simple paysan
des environs de Bressuire. Il prit les armes dans les cent-jours, se signala
par une brillante valeur, fut blessé, et obtint la croix d'honneur et une
pension. Il continua à servir pendant plusieurs années; et après avoir obtenu sa retraite, il était rentré dans ses foyers, ou il vivait tranquille,
lorsqu'au mois d'octobre dernier, le sous-préfet de Bressuire, par une défiance au moins maladroite, lui fit dire qu'il ne toucherait sa pension, que
jusque-là le percepteur de sa commune lui avait payée, que s'il venait la
chercher à Bressuire. Diot, indigné, dit au percepteur que *si Philippe le
privait de ce qui lui était dû, il saurait bien empêcher qu'on ne lui payât
les impôts.* Quelques jours après, des gendarmes vinrent l'arrêter. Diot
était chez lui sans défiance ; mais, après avoir dit aux gendarmes qu'il
était prêt à les suivre, il sortit par une porte de derrière, et disparut.
Depuis ce temps, il parcourt le pays avec quelques réfractaires, sans qu'on
ait eu aucun désordre à leur reprocher.

n'ait pensé que la manœuvre du brick était plutôt une manœuvre de police qu'une manœuvre de mer.

Voici un autre fait, d'où il résulterait qu'aux visites domiciliaires succède la torture pour découvrir les prétendus conspirateurs. Le mercredi 11 mai, M. Lelong, sous-préfet de La Flèche, à la tête de la gendarmerie et d'un nombreux détachement de gardes nationaux, arrive à la pointe du jour au village d'Anvers-le-Hamon, près Sablé, où il avait déjà fait la veille une perquisition inutile. A peine le village est-il cerné, qu'un coup de fusil se fait entendre, et on assure qu'il fut tiré par M. le sous-préfet lui-même. Cette détonation jeta l'alarme au milieu de la population, plongée dans le sommeil. Un tisserand nommé *Busson*, éveillé par ce bruit, se lève précipitamment, court à sa fenêtre, et aperçoit presqu'aussitôt un homme qui frappait à sa porte à coups redoublés. Justement effrayé, il sort par une porte de derrière, et cherche à fuir. A l'instant trois coups de fusil sont tirés sur lui, et le meurtre allait consommer tous ces attentats, s'il ne se fût couché à terre. On se précipite sur lui, il est lié, garrotté, et il faut que ce malheureux, demi-mort de frayeur, subisse à l'instant un interrogatoire. Il répond à toutes les questions, mais on ne peut obtenir d'aveux; alors il faut en arracher par la torture.....

On fait mettre Busson à genoux, on lui bande les yeux, on commande le feu pour le fusiller, s'il ne fait pas ces révélations qu'on veut à tout prix. Une si terrible extrémité n'abat pas le courage de ce malheureux. Il déclare qu'il ne sait rien, mais il déchire ses vêtemens, offre sa poitrine aux coups qui le menacent, et ajoute qu'on peut l'assassiner, qu'il n'a rien a révéler.

La mère de Busson accourt à ses cris, et pendant plus d'une demi-heure on se fait un jeu de son désespoir; on lui montre avec une barbare assurance tout l'appareil du supplice; on ne répond aux larmes, aux supplications de la mère, aux nobles et courageuses paroles du fils, que par de grossières invectives et de lâches outrages. Enfin on fait cesser la torture, mais seulement pour traîner l'infortuné dans les cachots.

Voilà comment on a traité sous les yeux du sous-préfet un homme *soupçonné d'être suspect!...*

Dans le mois d'avril, des soldats et des gardes nationaux ont fait feu dans deux rencontres différentes sur des réfractaires, dans le canton de Pouzanges (Vendée), sans qu'il y eût eu la plus légère provocation de la part de ceux-ci. On convient même qu'ils n'étaient pas armés. Un des réfractaires a été tué.

Le lundi 2 mai, un enfant de onze ans traversait le bois du Longeron, arrondissement de Beaupréau, pour se rendre au catéchisme de la paroisse. On a pris sans doute ce pauvre enfant pour un conscrit réfractaire, et sans plus de réflexion, les soldats qui battaient la forêt ont tiré sur lui *quatre coups de fusil*, qui heureusement ne l'ont pas atteint. Le père de ce petit malheureux, qui travaillait sur la lisière du bois, est accouru à ses cris ; mais rejoint bientôt par les soldats, il a vu leurs baïonnettes croisées sur sa poitrine, et c'est à grand peine que ce paisible cultivateur a pu s'expliquer, au milieu du déluge d'injures dont on l'accablait, en le traitant de *chouan* et de *brigand.*

Si la Providence n'eût pas en cette circonstance détourné un affreux malheur, le sang innocent ne serait-il pas retombé sur cet officier-général qui a ordonné aux soldats de tirer sur les déserteurs vendéens, *sans s'amuser à faire les sommations légales?*

Le 13 avril dernier, le brigadier et deux gendarmes de la résidence de Grand-Champ (Morbihan) ayant rencontré trois jeunes gens qu'ils *soupçonnaient* être des conscrits réfractaires, leur ordonnent de marcher devant eux sur la grande route qui conduit au bourg. Au bout d'une demi-heure, les jeunes gens cherchent à se sauver en sautant un fossé, le brigadier tire sur eux, rate, et ordonne aux gendarmes de tirer ; ceux-ci font feu, et atteignent aux deux jambes l'un des jeunes gens ; les deux autres s'échappent ; irrités de leur fuite, les gendarmes portent au malheureux blessé, qui faisait de vains efforts pour se relever, des coups de plats de sabre et de crosses de fusil, puis après l'avoir traîné quelque temps, ils le lient en travers sur un cheval qui vint à passer, et le conduisent à Grand-Champ. Là, après avoir eu la barbarie de le laisser au milieu de la rue pendant une demi-heure, quoiqu'il demandât en grâce à être tiré de cette cruelle position, ils le détachent et le jettent dans un cachot. Ils refusèrent d'abord la permission de le panser, mais l'indignation des habitans s'accroissant, les gendarmes laissèrent faire le pansement et donner une bouillon au blessé, qui fut le même jour conduit à Vannes, sur une charrette.

Croirait-on que ce fait, dont nous garantissons l'exactitude, avait été complètement dénaturé d'abord par les gendarmes, qui prétendaient avoir reçu des coups de bâton, et n'avoir tué qu'à leur corps défendant? Mais comme ils ne portaient sur leurs personnes aucune trace de ces coups, qu'il n'était pas vraisemblable que trois jeunes gens eussent attaqué à coups de bâton trois gendarmes armés de sabres et de carabines, que le malheureux jeune homme enfin a reçu les blessures au gras des deux jambes, preuve évidente qu'il fuyait, les gendarmes ont été obligés de renoncer à cette excuse. On vient de les changer de résidence ; si c'est une satisfaction qu'on a voulu donner au pays, elle est incomplète. Sous l'empire, temps où les déserteurs étaient en si grand nombre, on ne leur prêchait pas l'obéissance à coups de fusil, les gendarmes qui s'en fussent rendus coupables, auraient été mis en jugement, et sévèrement punis.

Le 7 juin, quelques réfractaires se trouvaient dans une auberge du village de Chanteloup, lorsque 60 voltigeurs partis de Chollet y arrivèrent. Les jeunes gens se sauvèrent : aucun n'était armé. Les voltigeurs les ont poursuivis, et en ont tué deux à coups de fusil.

Dans le courant d'avril, un détachement de troupe de ligne arrive

de grand matin à une ferme où on soupçonnait qu'un conscrit réfractaire était caché. Les chiens se mettent à aboyer, et les soldats aperçoivent un jeune homme qui s'éloignait rapidement de la maison. Un chasseur nommé Davasse tire sur lui, et le tue au moment où il sautait un échallier ; ce jeune homme se nommait Vrignaut Croirait-on qu'il s'est trouvé des journaux qui n'ont pas rougi de faire l'éloge du soldat qui a commis cet assassinat ! Que ne lui font-ils donner la croix d'honneur pour un pareil exploit !...

Faut-il donc s'étonner qu'après tant de provocations, qu'après de si barbares agressions, qu'aucune loi n'autorise, de malheureux conscrits se voyant traqués comme des bêtes fauves, obligés chaque jour de défendre leur vie menacée, n'espérant aucun quartier, se soient armés à leur tour et aient quelquefois opposé de la résistance! Etonnons-nous au contraire qu'ils ne l'aient pas fait plus souvent, et que de plus grands malheurs n'en soient pas résultés. Nous pourrions citer plusieurs rencontres entre les gendarmes et les réfractaires, où ceux-ci, quoique plus nombreux, n'ont exercé aucune violence sur leurs adversaires. Dernièrement, dans le bourg de Plumieux (Côtes du Nord), cinq gendarmes étaient à boire dans un cabaret, lorsqu'ils y furent surpris par une troupe de réfractaires, qui se contentèrent de leur enlever leurs armes, sans leur faire essuyer aucun mauvais traitement. Malgré toutes les calomnies des journaux de la révolution, dans deux circonstances seulement, des réfractaires ont fait feu sur la force armée. La première fois, aux environs de Mauleuvrier, une douzaine d'entre eux, dont trois seulement étaient porteurs de fusils, avaient déjà essuyé plusieurs coups de feu de la part d'un détachement de gendarmerie acharné à leur poursuite, lorsque s'étant arrêtés à l'entrée d'un bois, ils ripostèrent, et tuèrent deux gendarmes.

Le second événement de cette nature a eu lieu dans la commune de Boisme. Un détachement de voltigeurs, cantonné dans ce village, fut averti par ses espions, le 20 mai, vers cinq heures du soir, que plusieurs individus qu'on soupçonnait être réfractaires, étaient réunis dans une ferme voisine. Aussitôt vingt-cinq voltigeurs s'y rendirent, commandés par un officier. Le métayer assura n'avoir rien vu; mais sur la menace qu'on lui fit de le fusiller s'il ne disait où étaient les *chouans, eh bien ! puisqu'il faut périr, dit-il, je vais vous y mener.* Il les conduisit vers un champ de genêts ; mais une femme ayant crié : *sauvez-vous, voilà les culottes rouges !* une cinquantaine d'hommes se levèrent aussitôt au milieu des genêts, et plusieurs prirent la fuite ; *ne tirez pas,* crièrent les autres en s'adressant aux soldats, *vous n'êtes pas en force, et si vous ne nous faites pas de mal, nous ne voulons pas vous en faire non plus !* malgré cet avis, l'officier commanda de faire feu, et tous ses soldats tirèrent aussitôt sur les réfractaires, dont plusieurs furent atteints. Celui qui paraissait leur chef voyant que les soldats rechargeaient leurs armes, cria à ses camarades : *tirez sur l'officier !*

Celui-ci s'était mis prudemment à l'abri derrière un vieux chêne, mais tous les coups ayant été dirigés de ce côté, deux voltigeurs qui se trouvaient très-près de lui furent atteints, et restèrent sur la place. Le reste du détachement battit aussitôt en retraite, sans que les réfractaires songeassent à le poursuivre. Voilà encore un des résultats de la sanglante consigne donnée par le général commandant la 12e division militaire.

Long-temps avant ce malheureux évènement, un journal révolutionnaire avait annoncé que le général Dumoustier avait créé des *commissions militaires* (et on sait qu'elle est la justice des *commissions*) pour juger les réfractaires : voici la réponse du général : « Quant à établir des commissions militaires pour juger les réfrac- « taires auxquels les gendarmes *font la chasse*, je déclare que pa- « reil ordre ne peut être donné que par le gouvernement, et aux au- « torités civiles, judiciaires et militaires. Du reste, j'ai recommandé, « dans le cas où les colonnes mobiles rencontreraient Diot et com- « pagnie, *de ne pas s'amuser à les sommer de mettre bas les* « *armes, mais de faire feu sur eux, et de ne faire aucun* « *quartier.... »*

Et c'est dans le siècle des lumières, chez un peuple civilisé, qu'un lieutenant-général ose donner ces ordres atroces ! Il reconnaît qu'il n'a pas le droit de traduire des déserteurs devant une commission militaire ; là, ils pourraient être défendus, acquittés, et *l'humanité* de M. Dumoustier n'y trouverait pas son compte : mais il se met hardiment au-dessus de la loi, pour disposer, sans avertissement, sans sommation, de la vie des citoyens. Est-ce là l'ordre légal à la façon des hommes de juillet ?

C'est le 25 avril que le général Dumoustier donne aux différens chefs militaires l'ordre barbare que nous venons de citer : sa lettre datée du 30 en fait foi. Or, une ordonnance signée Louis-Philippe, datée du 27 avril, accorde une amnistie pleine et entière aux cons- crits réfractaires qui se rendront dans le délai de huit jours, sans excepter, et ceci est remarquable, ceux qui pourraient être l'objet de poursuites à raison de *crime* ou de *délit de rébellion* et de *déso- béissance aux lois*, dont ils pourraient s'être rendus coupables.

Eh quoi ! Louis-Philippe accorde une amnistie dont le bénéfice ne doit cesser qu'après le 5 mai ; et, le 25 avril, M. Dumoustier ordonne de *tuer les réfractaires*, et il confirme cet ordre, le 30, dans une lettre insérée au *Journal de Maine-et-Loire* !!! Fusiller sans sommation, sans jugement ! en français, cela s'appelle *assas- siner*.

Veut-on savoir comment on exécute les amnisties dans ce mal- heureux pays ? Le général Joannis, en prenant le commandement du département des Deux-Sèvres, avait fait entendre, dans une proclamation adressée aux habitans, quelques paroles de paix, il promettait le pardon aux jeunes gens qui s'étaient soustraits à la loi du recrutement, s'ils faisaient leur soumission. Le nommé *Bodin*, soldat d'artillerie dans l'ex-garde, auquel il ne restait plus que deux mois de service à faire, ayant été rappelé sous les drapeaux pour finir son temps de service, s'était réuni à quelques réfractaires. Sur la promesse formelle que lui avait faite le général Joannis qu'il aurait la faculté de se faire remplacer, Bodin fit sa soumission ; il s'est rendu à Bressuire, le 31 mai dernier, avec son père, pour se procurer un remplaçant. Le procureur du roi n'a pas été plus tôt informé de son arrivée, qu'au mépris de l'amnistie, au mépris de la parole du général, il l'a fait arrêter et écrouer à la prison de la ville.

On assure que le général a eu une explication très-vive, à ce sujet, avec le procureur du roi, et qu'il en a écrit au ministre de la guerre. Son honneur est intéressé à ce que le malheureux Bodin, qui est toujours en prison, ne soit pas victime de sa confiance. Cette arrestation a produit le plus mauvais effet : plusieurs réfractaires, qui étaient prêts à faire leur soumission, y ont renoncé, craignant d'éprouver le même sort que Bodin. Il semble que certaines autorités veuillent à toute force pousser ces malheureux au désespoir. « De tous côtés, » dit un journal libéral (1) qui ne semble pas partager entièrement la haine aveugle et la fureur des autres organes de la révolution contre la Vendée, « de tous côtés, des voix impru- « dentes se sont élevées pour réclamer des mesures de rigueur contre « les *brigands;* la presse elle-même a poussé des cris de vengeance « qui auraient pu devenir le signal d'un déchirement général ; et le « *Journal de Maine-et-Loire,* en particulier, a exprimé des vœux « et des menaces *que rien ne saurait justifier.* Nous pensons que « le commissaire extraordinaire devra porter autant d'attention *à* « *régulariser l'action de ses auxiliaires,* qu'à comprimer les « tentatives insurrectionnelles. »

Ces vœux atroces que rien ne saurait justifier, aux yeux même des partisans de la révolution que la passion n'aveugle pas complètement, ne sont que trop écoutés par certaines autorités. Il s'est trouvé un préfet, celui de la Loire-Inférieure, qui, non content d'exhumer les dispositions les plus barbares de quelques décrets révolutionnaires contre ceux qui donnent asile à un déserteur, décrets qui avaient cessé d'être en vigueur même sous l'empire, que la Charte de 1814 avait abrogés, et que la Charte de 1830 n'a sans doute pas prétendu faire revivre; qui, non content, dis-je, d'en prescrire l'application, par un arrêté en date du 26 mai, n'a pas rougi d'y ajouter la promesse d'une gratification de 25 francs, à quiconque procurera l'arrestation d'un conscrit réfractaire ou d'un déserteur. Ce préfet se nomme de *Saint-Aignan.....* Il est des noms que l'histoire doit enregistrer pour les punir à jamais, comme elle en conserve d'autres pour les illustrer.

O France ! ô ma noble patrie ! ce n'était pas assez pour toi de

---

(1) *Le Globe.*

subir le joug de l'intrigue, de la médiocrite et de la bassesse ; il fal-
lait encore que ces hommes du pouvoir vinssent insulter audacieu-
sement au caractère national !

Tu sais ce qu'ils estiment la vie d'un de tes fils? Ils t'en ont dit
le prix !

Jugeant les autres par leur propre lâcheté, ils ne croient plus
à cet antique honneur, qui, de tout temps, imprime chez nous à la
délation une tache d'opprobre et d'infamie.

Ombres des vieux Francs nos aïeux, qui prisiez l'honneur
avant tout ! vous avez frémi d'indignation en voyant cette immo-
rale tentative pour nous avilir.

Que dira l'Europe, quand elle apprendra que les hommes qui
gouvernent la France, supposent tant de bassesse à ses enfans, qu'ils
les croient capables de vendre leurs frères, et pour une si noble
récompense !

Naguère en Corse, un jeune homme paysan, séduit par l'appât
de l'or, fit arrêter un déserteur.

Le fait était inouï dans le pays : il y fut regardé comme un grand
crime.

Le déserteur était étranger. La délation n'en parut pas moins
odieuse.

Les parens du délateur s'assemblèrent, consternés, se jugeant
frappés de déshonneur.

Ils décidèrent que le malheureux qui avait imprimé cette tache à
la famille serait fusillé par les siens, à l'heure même où le déserteur dont il avait vendu l'asile, serait exécuté : le père prononça
l'arrêt de son fils !....

Un prêtre fut appelé pour assister le délateur, et lui accorder,
au nom de Dieu, un pardon que sa famille lui refusait sur la terre.

Le prix du sang, qu'ils repoussaient avec horreur, fut remis au
prêtre, afin qu'il le distribuât aux pauvres, et priât pour les deux
victimes.

Il nous était réservé de voir un préfet des barricades offrir une
prime de 25 francs par tête de conscrit.

Oui, par tête !... Quand un lieutenant-général, par un ordre
digne des Santerre et des Westerman, enjoint aux gendarmes,
gardes nationaux ou soldats, *de ne pas s'amuser à faire les
sommations légales aux réfractaires, mais de tirer dessus,
et de ne faire aucun quartier,* chaque rencontre entre les agens
de la force publique et un réfractaire devient pour celui-ci un arrêt
de mort. Celui qui l'aura dénoncé sera donc un assassin.

Est-ce de bonne foi qu'on se flatte, par de si odieuses mesures,
de ramener dans ces malheureuses contrées le calme dont elles ont
besoin !

Est-ce en couvrant le pays d'espions, en organisant à grands frais
un système de délations à primes, qu'on rétablira la concorde entre
les diverses opinions ?

Non sans doute, mais on obéit aux exigences d'un parti, on veut plaire à ces hommes qui ne pardonneront jamais à la Vendée tout ce qu'elle a souffert pour la cause de la religion et de l'ordre social. Ils savent que si leurs théories anarchiques venaient à l'emporter, là encore ils trouveraient un peuple généreux, qui n'en subirait pas l'insupportable joug. Aussi ne cessent-ils d'appeler sur ce pays toutes les défiances et toutes les rigueurs du pouvoir ; ils voudraient encore le couvrir de sang et de ruines, et ne cachent pas leurs vœux atroces. « *Il faut*, disait il y a peu de jours une feuille « libérale d'Angers (1), en parlant de quelques malheureux réfrac- « taires, *il faut, pour en finir avec de pareils hommes, des* « *mesures énergiques, qui frappent de stupeur... il faut* « *mettre le pays en état de siége; que ni jour ni nuit aucun* « *asile ne reste à ces brigands : si les châteaux les recèlent,* « QUE LES CHATEAUX DISPARAISSENT ! »* Et si ce sont les chaumières qui leur donnent asile, faudra-t-il donc aussi qu'elles disparaissent ?..... On voit où voudraient nous mener ces écrivains incendiaires.

Oh ! qu'ils connaissent mal la France, tous ces barbouilleurs de papier, transformés subitement en administrateurs !

Ils ignorent tout ce qu'il y a encore de générosité et de bienfaisance dans nos campagnes !

Ils ne savent donc point qu'il n'y a pas un village en France où de tout temps un déserteur n'ait trouvé un asile ! pas une chaumière où on ne lui offrît un morceau de pain.

S'il est coupable aux yeux de la loi, il n'a d'autre crime aux yeux de ses concitoyens, que trop d'attachement pour le foyer qui l'a vu naître, trop d'amour pour un vieux père, pour de jeunes frères dont il était l'appui.

S'il y a des réfractaires, les lois accordent assez de moyens pour les faire rejoindre, sans en employer d'extraordinaires, et qui revoltent par leur rigueur ; s'ils commettent des délits, recourez à la force et aux tribunaux pour les saisir et les punir ; mais que, sous prétexte de leur présence, ou de la difficulté plus ou moins grande de s'emparer de leurs personnes, on ne vienne pas réaliser des mesures que la nécessité la plus urgente, et dans les cas *spécialement prévus* par la loi, pourrait seule faire tolérer.

Or, que dit cette loi ? elle dit *que l'état de guerre précède l'état de siége :* que l'état de siége ne peut exister pour les communes de l'intérieur que dès l'instant *où, par l'effet de leur investissement par des troupes ennemies ou des rebelles, les communications du dedans au dehors, ou du dehors au dedans ont été interceptées à la distance de 3,502 mètres.* (Lois du 8 juillet 1791 et du 10 fructidor an 5.)

---

(1) Le *Journal de Maine-et-Loire.*

Cette définition ne peut s'appliquer, je ne dirai pas à un départe-
tement, mais même à une seule commune des douze départemens
que *par le fait* on place hors la loi, bien qu'on n'ose pas l'avouer,
faute de pouvoir se justifier. M. Casimir Périer l'a reconnu dans
son rapport au roi Louis-Philippe. Non-seulement ces provinces ne
peuvent être mises en *état de siége*, mais on ne peut même pas les
déclarer en *état de guerre*. C'est le ministre qui le dit, puisque
chacun peut y vaquer paisiblement à ses affaires, parcourir le pays
librement, sauf toutefois les tracesseries et les avanies que font essuyer aux voyageurs les agens de l'autorité : mais celles-là sans
doute, on ne les mettra pas sur le compte des réfractaires.

Sur quoi donc motiver ce désarmement, illégalement ordonné,
exécuté de la manière la plus tortionnaire, la plus propre à irritei
la population? Les preuves de ce que nous avançons abondent; nous
citerons un fait qui peut faire juger des autres.

Le 24 mai, des soldats conduits par le garde champêtre de Tre-
mentines, et que n'accompagnait aucune des autorités auxquelles
seules la loi a confié le soin des visites domiciliaires, se présenteut
à l'habitation de la veuve Gourdon, qui demeure à quelque distance
du village. Elle pouvait leur refuser l'entrée de sa maison, résister
à la violence ; elle en avait le droit; et s'il en était résulté quelque
catastrophe, c'est aux agresseurs seuls qu'il eût fallu l'imputer,
elle ne l'a pas fait. Les soldats lui demandent les armes de ses trois
fils, et sur son refus positif de les leur livrer, ils procèdent illégalement, et sans aucune formalité, à la fouille la plus rigoureuse, cul-
butant tout dans la maison, dans les écuries ; et enfin, après bien
des recherches, on trouve dans la grange un *fusil de chasse*. Les
habitans de la ferme, malgré les menaces et les injures des soldats,
persistaient dans leur silence ; alors ceux-ci saisirent le fils aîné de
la veuve, le maltraitent, l'emmènent à Trémentines, et le renfer-
ment au corps-de-garde. Témoin de cette scène cruelle, la pauvre
veuve, que les menaces n'avaient pu ébranler, vaincue par l'amoui
maternel, prend un second fusil de chasse, et le porte elle-même à
Trémentines pour obtenir la liberté de son fils, qui fut enfin relâché.

Le troisième frère, Pierre Gourdon, avait été dénoncé comme ayant
aussi un *fusil de chasse* à un coup ; on revient chez sa mère, et on
le somme de livrer ce fusil ; il s'y refuse en disant qu'aucune loi ne
l'obligeait à livrer un fusil de chasse qu'il avait bien payé. On le
menace ainsi que sa malheureuse mère, plus que sexagénaire, à qui
les soldats et les gendarmes disent avec une joie atroce, *qu'ils vont
faire avaler une cartouche à son fils, s'il ne rend pas son fusil!* Ce malheureux jeune homme est arrêté, conduit au corps-de-
gaide de Trémentines, là le sieur Poiré, brigadier de gendarmerie, le fait lier et garrotter. Comme il refuse de marcher, on lui donne
des coups de crosse et de baïonnette, on lui fait faire ainsi deux
licues pour le traîner à Chollet, comme un malfaiteur, au milieu
des gendarmes et des soldats, qui ne cessent de l'accabler d'injures,

et le conduisent devant le colonel Chousserie. Le devoir de cet officier était non seulement de le faire mettre en liberté à l'instant
même, mais encore de sévir contre ceux qui avaient abusé de la
force et fait un usage criminel des armes qui ne leur ont pas été con-
fiées pour qu'ils les tirent contre des citoyens paisibles : loin de-là :
« *Puisque vous êtes si entêté*, dit-il à Gourdon, *on va vous
mettre au cachot!* Le courageux jeune homme ne se laisse pas abattre;
mais sa malheureuse mère, désolée de tant de craintes, voyant qu'elle
n'avait aucune justice à attendre, alla déposer son fusil, et à ce prix
Gourdon fut remis en liberté.

Au hameau de la Chabassière, quatre-vingts hommes du 32e de
ligne, venus des Herbiers, après avoir bouleversé la maison du
nommé *Barruau*, vidé jusqu'aux paillasses des lits pour trouver,
disaient-ils, un réfractaire, ont enlevé un fusil d'honneur donné à
Barruau par Louis XVIII, en récompense de son courage. « *Je leur
pardonne le dégât qu'ils ont fait chez moi*, disait ce brave
homme ; *mais mon arme d'honneur!.... Ah! si j'avais vingt
ans de moins, ils auraient vu que je savais la défendre comme
j'ai su la gagner.* — Le voilà, disait un brave du Fief-Sauvin en
livrant son fusil : mais je me retire; ma religion ne serait peut-
être pas toujours assez forte pour m'empêcher de vous casser la tête. »

L'autorité n'a le droit de désarmer personne : on ne saurait trop
le répéter. Elle peut saisir des armes prohibées, là où elle les
trouve ; elle peut encore s'emparer de celles qui servent à la mani-
festation d'un délit.

Mais chacun a le droit de s'armer pour sa défense ; chacun peut
avoir chez lui épée, fusils, pistolets, et jusqu'à cinq kilogrammes
de poudre. (Loi du 13 fructidor an 5, art. 24.)

Toutes les subtilités officielles et administratives ne sauraient par-
venir à exclure les armes de chasse de l'ordre des propriétés privées, déclarées inviolables par l'article 8 de la Charte de 1830.

On assure que, sur les réclamations des malheureux qui se plai-
gnaient de la violation des lois, le maire de Trémentines aurait
dit : *La loi!... la loi!... c'est nous qui la faisons.* Ce propos
est si grave, que nous aimons à le révoquer en doute.

Les tribunaux vont être appelés à juger si, décidément, la Vendée et la Bretagne sont tombées sous le régime du bon plaisir.

Une action va être intentée devant eux pour faire prononcer la
restitution des armes violemment et illégalement saisies.

Nous verrons si la justice manquera aux victimes de l'arbitraire,
et si la nouvelle Charte est une vérité.

Disons-le : la conduite des autorités diverses employées dans les
départemens de l'Ouest, depuis dix mois, n'a cessé d'être hostile,
vexatoire envers les habitans ; les mesures prises par le ministère du
juste-milieu, qui s'annonçait comme devant *faire de l'ordre*, ne
sont propres qu'à provoquer le désordre.

Qu'on ne croie pas justifier cette conduite, aussi odieuse qu'impolitique, par la crainte de la guerre civile. Quelques déserteurs, atteints, comme dans tous les temps, du mal du pays ; quelques hommes compromis par de vagues propos que la police a envenimés, menacés d'être traduits devant un jury composé de leurs ennemis, désarmés, se cachant, bien loin d'attaquer : voilà à quoi se réduit tout cet appareil de guerre civile dont on a fait tant de bruit. Sur aucun point, il n'a éclaté de mouvement insurrectionnel.

Un journal libéral de l'Ouest, qui d'abord proscrivait en masse tous les royalistes, disait, il y a quelques jours : « Tout se réduit à une « vingtaine de brouillons, qui ne sont pas tous *nobles*, la plupart « sont *peuple, peuple de la tête aux pieds !* »

De cet aveu ressort une grande vérité, sur laquelle les calomnies sans cesse renaissantes forcent à revenir. Ce ne sont ni les nobles ni les prêtres qui soulèvent les masses ; s'ils mettaient à exciter la guerre civile la moitié des soins qu'ils mettent à la prévenir, depuis long-temps la Vendée et la Bretagne seraient en feu.

Comme en 1793, c'est le peuple qui s'indigne, et pour les mêmes causes. Le premier chef vendéen fut un simple voiturier, le vaillant Cathelineau. Stofflet, qui devint ensuite général, était garde-chasse ; mais Charrette et Bonchamp furent arrachés à leurs demeures par les paysans-soldats dont ils avaient gagné la confiance.

La Vendée resta calme au mois d'août 1830 ; elle ne prit pas les armes, alors que trois générations de rois, s'avançant vers l'exil, foulaient encore le sol de la France. Ses blessures n'étaient pas toutes fermées ; elle désirait la paix.

La restauration oublia la Vendée, cette Vendée qui pendant dix ans prodigua son sang pour rétablir la religion et la légitimité. Les Bourbons semblaient appelés à soulager toutes ses infortunes, à relever toutes ses ruines, à réparer tous les maux qu'elle avait soufferts. Entourés de ministres ou traîtres ou ignorans, ils oublièrent une dette sacrée, ils jetèrent à grand'peine quelques pensions de 60 et de 80 fr. par an, à un petit nombre de veuves et de vieux soldats mutilés, rares debris échappés à cent batailles. C'était, selon la remarque du plus éloquent écrivain de notre siècle, un peu moins d'une livre de pain chaque jour, pour ces hommes dont Napoléon admirait les prodigieux exploits.

Quinze années d'une paix profonde n'avaient pas suffi à la Vendée pour réparer tous ses désastres, toutes ses plaies n'étaient pas cicatrisées ; elle soupirait après le repos, et se soumit au pouvoir nouveau qui promettait de respecter ses croyances et de protéger les droits de tous. Quant à son vieil amour, depuis long-temps il était acquis à d'autres ; Napoléon, qui fit beaucoup pour la Vendée, n'y prétendit jamais ; il se contenta de son obéissance.

Mais tout a été douleur et amertume pour les provinces vendéennes : des levées d'hommes exécutées avec une rigueur qu'elles n'avaient même pas connue sous l'empire, sont venues, en peu de mois, enlever presque tous les jeunes gens à l'affection et aux besoins de leurs familles. Y avait-il dans un village un homme connu par la violence de son caractère, par sa haine contre tout ce que ses concitoyens respectent, c'était celui qu'on leur donnait pour maire.

Des visites domiciliaires ont été exercées avec un raffinement de barbarie, qu'auraient envie les sicaires de 1793, pour découvrir une conspiration rêvée par le machiavélisme et par la peur, et dont des arrêts solennels viennent de démontrer la fausseté.

On a voulu enlever aux Vendéens les armes conquises au prix de leur sang, ces armes que Napoléon leur avait laissées. C'est qu'il appréciait la valeur et comprenait l'héroïsme de ce peuple de *géants*. Il connaissait le cœur d'un soldat, il savait que c'est lui faire le plus sanglant outrage que de lui enlever ses armes; il peut céder au nombre, et les laisser arracher de ses mains, mais il jure de retrouver un jour les vainqueurs d'un moment, et de laver cet affront. Ces armes d'honneur, accordées par deux rois, ne devaient-elles donc pas être respectées, comme toutes les décorations données par ces princes?

Naguère un ministre tout-puissant sous Louis XVIII, voulut aussi désarmer les Vendéens. Il osa calomnier leur loyauté, suspecter leur fidélité. Le nom de cet homme leur est resté odieux à l'égal de celui des Carrier et des Westerman.

Les provinces de l'Ouest ont vu depuis dix mois outrager ce qu'elles honorent, profaner ce qu'elles révèrent. « Les monumens « sont sacrés comme l'histoire, a dit récemment un ministre; ils « ne doivent périr que sous la faux du temps » Et pourtant à Savenay, l'humble pierre qui marquait le sépulcre de tant de braves, avec cette simple inscription : *À la Bretagne et à la Vendée fidèles*, a été outrageusement brisée par des magistrats. A Legé, la statue de Charrette a été mutilée, la tête séparée du tronc, et roulée dans la boue. Le monument élevé à Cathelineau, nom si cher à la Vendée, a été détruit par des soldats. Enfin, plusieurs de ces croix, au pied desquelles ces pieux laboureurs viennent demander au Ciel la régénération et la pénitence, ont été renversées.

Nous avons dit ce qu'est pour ce pays l'occupation militaire, ses avanies, ses violences; les déceptions cachées sous le nom d'*amnistie*, les déserteurs traqués comme des bêtes fauves, leur vie mise à prix, et estimée si peu !...

Les provinces de l'Ouest ont tout supporté avec une admirable patience; mais cette résignation pourrait avoir un terme. Lorsqu'elles demandent la justice et réclament l'exécution des lois qui doivent protéger tous les citoyens, lorsque la conciliation serait si nécessaire, on leur envoie comme commissaire extraordinaire, un général que son caractère a toujours fait regarder comme un homme violent d'exécution, que ses antipathies bien connues rendent impropre au rôle de pacificateur, et nous doutons qu'il l'ait jamais ambitionné.

Veut-on qu'il traite des provinces françaises comme il traita naguère les Asturies et la Galice, où son administration a laissé de cruels souvenirs ?

En admettant même qu'il soit juste dans l'exercice de son autorité, pourra-t-il se transporter sur tous les points ? ne sera-t-il pas souvent guidé par des rapports mensongers ? les faits les plus innocens ne seront-ils pas aggravés par la passion, dénaturés par la haine ; et cette justice militaire déjà si acerbe, ne développera-t-elle pas, une irritation qu'aurait calmée la justice ordinaire exercée par des mains habiles ?

Au lieu de soudoyer à grands frais des espions et des agens provocateurs, que n'a-t-on employé les quinze cent mille francs qu'on leur jette pour prix de leur infamie, à des travaux utiles, qui auraient donné du pain à tant de malheureux, que la cessation du commerce a privés de toute ressource ? Dans le Bocage, quinze cantons arides étaient exclusivement occupés, avant la révolution de juillet, par la fabrication des toiles. Aujourd'hui, ils sont plongés dans la plus affreuse misère.

La Vendée a des droits qui lui sont communs avec toute la France, et dont on la prive violemment sans motifs plausibles. Oublie-t-on donc qu'une révolution a été faite il y a dix mois à Paris, imposée à toute la France, parce que des vexations avaient été commises contre des imprimeurs et des journalistes ! et puisqu'on cherche à rendre la Vendée odieuse en parlant sans cesse de guerre civile, posons nettement la question : « Dans le duel, a dit un écrivain « dont nous citerons les paroles, dans la guerre étrangère, dans la « guerre civile, le tort est naturellement du côté de l'agresseur. « Ainsi, dans nos mœurs, le duel est permis au particulier qui reçoit « un outrage ; et dans les mœurs universelles, la guerre est permise « au peuple dont on envahit le territoire, ou à qui on vient impo- « ser des lois étrangères ; la guerre civile, de toutes les guerres la « plus terrible, est permise à la portion du peuple qu'une autre por- « tion tente d'opprimer ; elle est alors la conséquence d'un principe « de liberté. Le pays qui repousse une invasion est dans son droit de « défense naturelle, puisqu'en se laissant envahir il perdrait son « indépendance. La ville ou la province qui résiste à l'oppression , « qui refuse de s'accommoder au caprice d'une autre ville ou pro- « vince, est dans son droit de défense naturelle, puisqu'en se sou- « mettant, de libre elle deviendrait vassale. »

Il sied bien à ceux qui applaudissent à toutes les insurrections, à Paris, en Belgique, en Suisse, en Pologne, en Espagne, en Italie, qui les proclament le *plus saint des devoirs,* toutes les fois qu'elles ont pour but le triomphe de leurs doctrines, de faire entendre des paroles de mort contre ceux qui ne se courberaient pas sous leur tyrannie.

Toutefois hâtons-nous d'ajouter, pour qu'on ne se méprenne pas sur nos paroles : les royalistes n'invoquent point la guerre civile, ils la regardent comme un horrible fléau ; elle ne pourrait avoir lieu

que par les provocations que tout gouvernement sage se ferait un
devoir de prevenir ; que si le pouvoir public devenait dans les mains
de ses dépositaires une arme contre une partie des citoyens , car
alors, il cesserait d'être le pouvoir public.

La Vendee veut sa part de liberté commune ; rien de plus, mais
aussi rien de moins.

Si on la lui dénie , si 'on la pousse au désespoir, il y aura de la
part du gouvernement délire ou infernale machination , et peut-être
trouverions-nous l'explication d'une conduite si odieuse dans ces paroles qu'une voix courageuse vient de faire entendre devant la Cour
royale de Rennes (1).

« Supposez qu'on ait la pensee qu'en cas d'hostilites avec l'étran-
« ger, il pourrait se faire quelque diversion parmi des populations
« que la revolution a froissees, alors, un gouvernement machiave-
« lique (et on en a vu plus d'un exemple) se dirait à lui-même :
« opprimons savamment ces populations : trouvons le moyen de
« nous debarrasser d'abord de cette crainte importune d'une diver-
« sion à l'intérieur. Mais il faut un prétexte pour ecraser un peu-
« ple ; autrement l'iniquite crierait trop haut. Eh bien ! persécutons-
« le de toutes les manières, envoyons-lui l'inquisition à domicile ,
« insultons-le dans ses souvenirs, dans ses monumens, dans toutes
« ses affections , dans ses prêtres surtout, et dans sa religion, car
« il y tient avant tout : en un mot, lassons sa resignation, irritons
« sa patience, poussons-le à la dernière extremité : c'est un peuple
« brave ; dans son desespoir il se jetera sur ses armes ; il y aura
« quelques émeutes, quelques résistances partielles ; à l'instant l'ar-
« rêt de sa mort sera prononce !... Puis arrive la guerre étrangère,
« il ne nous inquietera plus !

« Combinaison atroce ! Si elle n'existe pas dans les hommes du
« pouvoir, et je le souhaite, leur conduite envers la population de
« l'Ouest est une enigme inexplicable : il faut que le gouvernement
« choisisse entre la plus damnable perfidie et l'aveuglement le plus
« incomprehensible. Ce qu'il y a de certain, c'est qu'au moins , à
« coté du ministère, il existe un parti qui le pousse à ce qu'il ap-
« pelle *des mesures énergiques contre l'Ouest*, qui veut *des*
« *états de siége* pour gouverner, *des commissions* pour juger,
« *et des exécutions militaires* pour en finir plus promptement.
« Ces cris de sang , vous les voyez consignés jusque dans ces viles
« feuilles qui vivent, à la solde des administrations.

« Oui, les ennemis seuls de la Vendee ont un interêt à la guerre
« civile ; oui, eux seuls la provoquent ; oui, eux seuls l'auront
« faite, si elle arrive ; ce que le Ciel detourne de nous ! Pourquoi
« donc voudrait la guerre civile un peuple bon, simple, retire,
« avec des mœurs qui ne ressemblent à aucunes autres , sans ambi-

---

(1) Me Fontaine, avocat du barreau de Paris

« tion , sans besoins , et qui ne demande qu'à conserver ce qu'il
« possède ? A d'autres les places , les sinécures , l'argent du budget·
« pour lui, il ne veut que payer l'impôt dont d'autres jouissent , à
« condition seulement qu'on respectera son champ et sa foi. »

L'armée française, guidée par le drapeau blanc, avait pu, en
trois campagnes, affranchi l'Espagne du joug de l'anarchie, délivrer
la Grèce de la tyrannie des musulmans, purger l'Afrique des brigands qui s'étaient rendus si long-temps redoutables à toute la chré-
tienté , et donner en vingt jours un royaume à la France.

Depuis qu'elle a changé les antiques bannières de la patrie, l'honneur national l'appelait vers des provinces limitrophes, qu'il s'agis-
sait moins de conquérir que d'accepter. Les hommes qui nous gouvernent ont compris autrement la gloire de nos armes : ils veulent
qu'elle aille se ternir et s'éteindre dans les horreurs d'une guerre
civile, qu'on semble s'etudier à faire naître. La révolution, dont
on veut les suffrages, applaudirait alors, il y aurait satisfaction
pour sa haine.

Si ce fléau doit être ajouté à nos malheurs , que tout le sang qui
sera répandu retombe sur ceux qui, par leur intolérable tyrannie,
auront réduit des populations généreuses au desespoir.

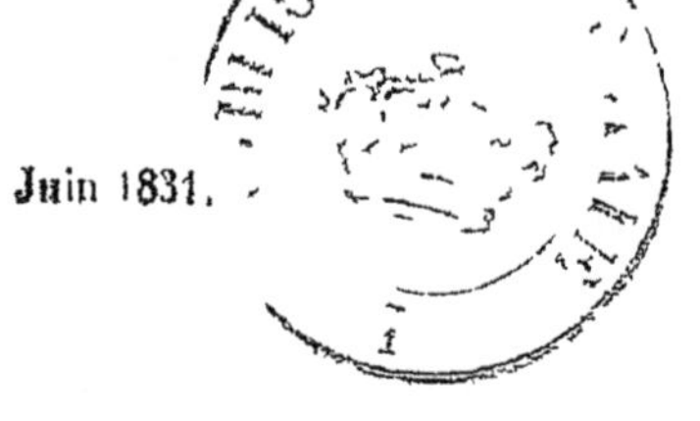

Juin 1831.

FIN.

www.ingramcontent.com/pod-product-compliance
Ingram Content Group UK Ltd.
Pitfield, Milton Keynes, MK11 3LW, UK
UKHW021633130726
13696UKWH00005B/2159